유혹의 말

유혹의 말

발행일　2024년 7월 7일

지은이　김칠수
펴낸이　손형국
펴낸곳　(주)북랩
편집인　선일영　　　　　　　**편집**　김은수, 배진용, 김현아, 김다빈, 김부경
디자인　이현수, 김민하, 임진형, 안유경, 신혜림　　**제작**　박기성, 구성우, 이창영, 배상진
마케팅　김회란, 박진관
출판등록　2004. 12. 1(제2012-000051호)
주소　서울특별시 금천구 가산디지털 1로 168, 우림라이온스밸리 B동 B113~115호, C동 B101호
홈페이지　www.book.co.kr
전화번호　(02)2026-5777　　　　　　　**팩스**　(02)3159-9637

AISBN　979-11-7224-191-9　03810 (종이책)　　979-11-7224-192-6　05810 (전자책)

(주)북랩 성공출판의 파트너

북랩 홈페이지와 패밀리 사이트에서 다양한 출판 솔루션을 만나 보세요!

홈페이지 book.co.kr　•　**블로그** blog.naver.com/essaybook　•　**출판문의** book@book.co.kr

---

작가 연락처 문의 ▸ ask.book.co.kr

작가 연락처는 개인정보이므로 북랩에서 알려드릴 수 없습니다.

유혹의 말

김칠수 시집

북랩

시인의 말

:

말 많으면
산만해지기 십상이고
글이 길어지면
어수선하거나 무맥해지기 일쑤 아니던가.

오래전부터
짧은 글을 선호해 온 이유이다.

벼르다 미루고
또 벼르다 미루던 결심이
드디어
한 권의 책이 되어 나오는데

철부지 아니고야
젖을 각오 없이
비 오길 바라겠으며

누군들
나긋나긋 조아(藻雅)한 글 말고
조악(粗惡)한 글 쓰고 싶을까만

간절히 바라기는
한 편이라도
lento(아주 느리게)로 머물 만한 행간이 있어
누군가에게 시(詩)로 읽힌다면
더할 나위 없겠다.

굳이 밝히자면
시인 말고
시객(詩客)이고 싶기에

변변찮은 시집에
대가의 손길 어울리지 않을진대
오랜 정 잊지 않고 선뜻 제자를 써 준
담헌 전명옥 선생과
격려하며 내내 동행해 준 지기들께 누누이 고맙다.

차례

•

제1부 유혹의 말

제2부 네모반듯한 기억

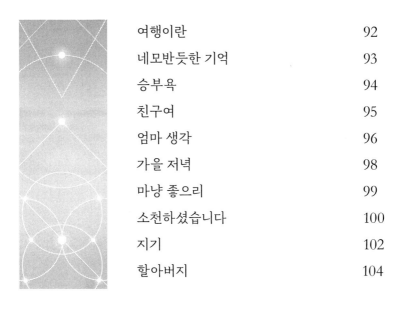

제3부 흐르는 강물처럼

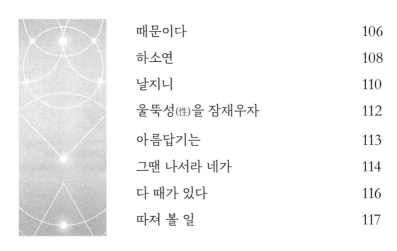

제4부 봄 중 제일은

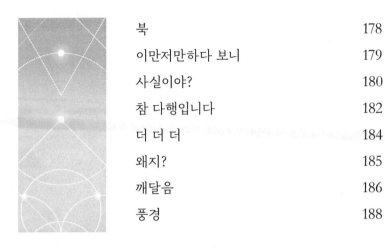
제5부 눈 내리는 마을에서

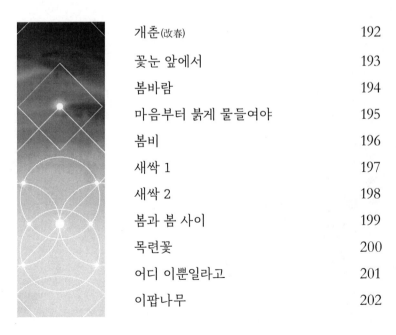

제1부

유혹의 말

무렵

'무렵'이 스스로 숨을 거두려 한다
불러 주는 이 없어
외로움이 극에 달했단다
극구 남의 탓 않던 그가
시계 때문인 것 같다며
이젠 지쳤다며
한숨 소리 한나절을 넘기고 있다

새벽부터 서둔 일
반나절이 지나도 별 진척 없고
워낭소리조차 무거운
저녁나절이 되어야 겨우 허리를 펴던
그 시절이 좋았단다

해 질 무렵
저녁상이 형제들을 부르던 소리
땅거미 내려 어둑한 평상(平床) 넘실거리던
모깃불의 느린 춤
그들과 함께하던 때가 그립단다

꿈

꿈을 꿨다
큰곰이
내 등을 긁어 주는

참
시원했다

돌이켜보니
갑질 일삼는
애완견이라면
내가 했어야 할
일 아닌가

또
시원하고 싶다

물빛

물을 두고
무색무취라니
이런 무지가 어디 있을꼬

물오른 언덕
물오른 산이 멀다면
물이 차올라
통통해진 어린 쑥을 보라
물빛은 초록 아니던가
햇살마저 들이켠 가지마다
남몰래 토해 낸 꽃들은 또 어떤가

바람 더불어 햇살 바라는 강물의 윤슬이며
해님을 통째로 먹고사는 바다 빛이야
하늘을 닮는다 해도
길 건너 빵집 딸의
살굿빛 볼은 물오름의 절정인 것을

바람의 속살

나뭇잎은
바람의 속살을 만져 본 적이 없다
오는가 싶으면
이내 등 돌려 버리기 때문이다

거친 손에 상처 입지 않으려면
우선 피하는 게 상수라는
선조의 가르침을 잊지 않았기 때문이다

군무에 여념 없는 청보릿대며
어수선산란한 은사시나무에게
바람결 고움이야
나어린 소년의 발등 간질이던
물의 속살 같을 테지만

떠나는 이의 뒷모습이 보고 싶어서가 아니요
바람결 머물게 할 재간 없어
하늘을 안고 싶은 파도처럼
한탄하며 몸부림칠 뿐

창 넓어 좋은 낮

겨울 해바라기 싫어할
푸나무 있을까

창 넓어 좋은 낮
거실 밖 넘보는 나뭇잎들
햇살 품어 유난하다
잎맥의 섬세함
잎살의 보드라움

연둣빛 투명함을
닮고 싶다
소소(昭昭)한 배려를
배우고 싶다

바람 외면하기 일쑤인
햇살지기보다
낮은 숲 살피며
그들의 말 마주 들어 주는
잎의 뒷모습
애틋해 더 좋아라

뭉근히 우려낸 정인 듯
듬쑥한 본새인 듯

해거름

하늘 색 바뀌는 저녁

고즈넉한 바람
내 편 만들어

그대 위한 공간
노래로 채워 주고 싶었는데

윤슬 따라 반짝이다 돌연
자맥질하는 격정이라니

이드거니 취해서겠지
진홍빛 여운이여

검질긴 그리움

새알심의 쫀득거림이
종종 팥죽의 맛을 좌우하듯
시루떡의 감칠맛은
시룻번의 찰기가 결정한다

그럴진대
가마솥과 시루의
엇나간 만남이라니
낯설고 물선 세태 아닌가

풀비로 바른 문풍지
구수한 정담이야
검질긴 그리움인 것을

진수성찬인들
갓 지어 고슬한 쌀밥에
곰삭은 김치 없이 가능할까

분분한 아침

보랏빛 라일락꽃
분분(芬芬)히 말 건네 오니
참 좋은 아침입니다

새뜻한 향기뿐일라구요
작약(雀躍)하는
맑은 햇살 또한
반갑기 그지없는 건
돌려받을 생각 없이 선뜻 내어 주는
애틋한 정
고운 손길 때문이겠지요

오늘 하루는
이 기분으로 살고 싶습니다

누군들

어김없이
둥근달
요요히
떠올라

휘영한
마음
구석구석
스멀댈수록

엄마
그리운
추석

꿈n들
잊힐라고

귀향길

단비 내려
더욱 설레는
초여름의 목포행

그간
별일 없었다는 양
하늘 낮은 들녘마다
성성한 축복이다

온유와
평화의 땅 더불어
벗님들 여전히
안녕하겄제

소싯적 추억들이

저녁노을 낮게 드리우고
빛과 어둠 슬그머니 몸 맞대니
아렴풋한 소싯적 추억들이 스멀거린다

때맞춰 소롯이 불어온
실바람
강변 껴안아
가만히 재우는 사이

하나를 위한 모두인 듯
몸 구석구석 스민 상념들
죽순처럼 파랗게 일어나
기억 저편의 노래들을 흥얼댄다

고이 간직해
빛바랜 적 없을
아름답고 소중한 것들 일제히
뱃전 드나드는 파도처럼
마냥 자유롭다
초승달 하늘 높도록

그리움이여

날마다
달이 되고
꽃이 되는 님

밤낮 가리지 않는
그리움이여

그럴수록

작년 다르고
금년 다름을 절감하기에

말만이라도 굼뜨지 않음
참 좋겠다 싶지만

날이 갈수록
우물쭈물 가물가물

그럴수록
영혼만은 맑히 붙들어야지

유혹의 말

죽은 후에야
남에게 도움이 되는 사람이 있듯
못생겨서
이쁜 여자도 있잖습니까

당신 생각을
멈출 수가 없네요

설렘이 지나쳐
사지가 다 떨립니다

당신 마음속에
조금이라도
날 위한 공간이 있다면
지금의 내가 누구든
난 당신 거라 말하겠소

미련히 굴지 마시게

목소리조차 나눌 마음 없다는데
그를 그리워하는
미련(未練)이라면
속절없이 접으시게

이승에 있으나
저승에 있으나
다를 게 없잖은가

저마다
그들만의 리그(league)가 있거든

미련히 굴지 마시고
한 해를 마감하는 오늘이 좋겠네
딱 부러지게

공감

서로가
느끼는
하나 됨의
기쁨

서로를
위하고
위하는
일치감

덤으로
누리는
평화

염색

달포쯤 됐을까
매일 아침 거울 속 낯선 이가
그냥 늙어 버릴 거냐는 투로
나를 노려본다

그을린 얼굴과
까만 머릿결을 비집고
새하얀 균열이 건네는 말
"어쩔 건데?"

보이는 것만 보고
보고 싶은 것만 가려 보는 세상 아닌가

미룸조차 민망하던 차
백발이 서먹한
7살 손자의 한마디
"할아버지,
난 검정색을 좋아해요"

곰곰이 살갑다

지금의 내가 나인 게 나는 참 좋다

시건방지다 말할랑가?
지금의 내가 나인 게 나는 참 좋다
말하면

눈 똥그랗게 치켜뜨지 마시게
세상사 웬만큼 무시해도 될 나이 아닌가

따져 볼수록 감사한 일뿐인 것이
부자 아니라서 불안해하지 않아도 되고
크게 아픈 곳 없어
유연한 운전은 물론 뜀박질도 가능하거든
무엇보다 다섯 손주들과 함께 놀 수 있다는 것
큰 축복으로 꼽고 싶으이

학창 시절, 음악 사랑하시는 선생님들 만난 건
큰 행운이었더라고
색소폰 폼나게 연주하는 모습
함 상상해 보시게
지인들과 당구장에서 보내는 시간도
소박한 즐거움 중 하나임을 빼놓을 수 없구먼

읽는 것도 힘드시지?
이 이상의 것들은
말줄임표로 대신할라네

소금처럼

모난 상태론 결코
스며들 수 없다는 걸 안 이후
소금은 깨달았다
별이 되고 싶은
아니 별처럼 빛나고 싶은
간절한 꿈이 문제의
발단이었다는 걸

하늘빛 지워 내는 일부터
쉽지 않은 일이었다
구름 대신 바람을
달보다 해를 더 좋아해야 했고
땀방울과
눈물마저 비워 내야 했음도
기억해 냈다

알 수 없음이여

반짝거림도 잠시
멋 말고 맛으로 살아내야 하는 겹설움에
여전히
돌올(突兀)한 자부심이라니

가끔은
소금처럼
순백의 마음일 수 있을까
눈꽃 핀 그 길
걷고 싶다

스침의 희열

손목의 통증이
손목만의 문제가 아님을 왜 진즉 몰랐을까

한각(閑却)한
치우침이
지나침이
화근이었을 터

자연 치유력에 잇댄
뉘우침과 깨우침
균형 회복을 위한
코어 근육 강화에 매진

스침의 보람
누리게 되니
절로 꿈틀대는
작은 꿈들이여

살아 있음 그대로
희열 아닌가

*스침: '스스로 고침'을 줄여 쓴 말

연줄

느슨해지면
연줄연줄 꼬이기 마련
얼레에 감겨 있을 때조차
팽팽해야 한다
하늘 높은 순항을 위해
바람의 속살 부드러울
그때를 꿈꾸며

짙은 야애(野靄) 속에서도
연줄 흔들고 싶은 이여
초심 외면하다
곤두박질하는 경우 허다함에도
대지를 얕잡아 볼 것인가

꼬리 흔들지 않는
방패연을 붙들어라
높이 오를수록
곧추세운 자존심만으로도
긍지스러운

우리 서로 침묵하자

꽃에 꽂힌 듯
몸으로 시를 써내는 남자

엄마를 부르며
목놓아 우는 엄마를
그대
본 적이 있는가

우리 서로
침묵하자

더하기가 안 되면
그 자체로 독이 되는 것들이 있음이여

믿음에 덕이
지식에 절제가
인내에 경건과 사랑이

중용에 균형이

어쩌면 아름다움의 시작이다

차갑게 쏟어내리는
가을바람도
온기 나누며
서로의 넋전(錢)이 되려 모이는
낙엽은 눈여겨보지 않는다

저마다의 오롯한 삶인 것을
가을 언저리
갈림길 서성이는
기억의 편린마저
설마하니
주섬주섬하는 이 있을라고

분명 소망의 시절이 있었을 터
빛이 채 바래기도 전
갈라지고 깨어짐
돌아서 벗어남
지워 내는 몸부림들

변화의 조짐이자
성장의 아픔이다
가을볕 초롱한 한
어쩌면
아름다움의 시작이다

왕새우의 최후

어쩌다
서러운 생이별
무한 주림의
수족관 신세

너나없는 시한부

참수형이냐
화형이냐는
술꾼의 기분 여하요
고작해야
소주 한잔의 목젖 통과료에 불과하니
이리 원통할 수가

순식간
홍시보다 더 붉어진 몸빛은
펄쩍대다 냄비뚜껑에 당한 상흔인지
왕소금에 데인 화상인지 알 수 없지만

단지 바라기는
여느 단풍잎 못지않게 선연했음과
장렬한 최후로
기억되기를

아
인간들이여

파겁하자

허둥대다 지나치고
주저하다 놓치고
큰맘 먹었으나
정작 맴돌이에 그친 일 하 많았으니
후회막급 아닌가

달리 어찌할 수 없어
서럽기 전
파겁(破怯)하자
나를 우선(優先)하자

"지금 아니면 언제인가"

*파겁(破怯): 익숙하여 두려움이나 부끄러움이 없어짐

46   유혹의 말

하늘이 된 앞산

하루도 빠짐없이
너른 품 내어 주던 앞산
오늘은
푸른 생기 마냥 끓여 대더니
까만 하늘이 되었다
그리고
말을 하지 않았다

늘어선
가로등 감싸 안아
점점이
초롱한 별이 되게 하려고
도란거리다
잠들게 하려고

COVID-19여

설마설마했건만
20 한 해를
통째로 먹어 치운 19여
눈과 귀까지 막으셨더라면
어찌 살았을까요

그간
외면해야 할 대상
제대로 구분 못한 무지에
더하여
교만했음을

한량없는 은혜
마냥 당연시했음을
회개하오니
속수무책의 혼돈을
통촉하소서

몸과 마음
정히 다스리겠습니다
자연의 섭리
순전히 받아들이겠습니다

밤이 밤 같은 곳에서

밤이
밤 같은 곳에서
날마다 생생한 밤 맞으니
이 얼마나 찡한 일인가

먼발치 줄지어 선 가로등
섬섬(閃閃)히 한가롭고
초롱한 하늘
유혹의 눈길 구성져
절로 우쭐해지는 곳

그 밖엔 바랄 것 없으니
밤마다
난
칠흑 부자

밤이여 오라
빛이 무색하게
그대 아니면 어찌
오늘도
마음겨울 수 있으리

밤으로의 귀환

경건히 옷깃 바루어도
단말마 고하듯
저녁노을 잰걸음 칠 때마다

노름노름해진 뇌리 가득
곡선으로 스미어
사물사물 일렁이는 것들
걷잡기 버거워

소싯적 멜로디 거푸 소환해 내니
흥얼거리는 어둠조차
푸르디 푸르러라

밤으로의 귀환이
천수를 누리다 가시는 분의 임종처럼
평화롭고
샛별처럼 홀로 자유로워라

네거리에서

비둘기 한 마리
과속 카메라 떼어 낸 자리에 앉아
갸웃갸웃

유연한 자동차 물결
평화 되찾은 네거리

감시의 눈들 사라진 세상 그려 보다
불현듯 스친 생각
'설마하니 파견 나온 로봇?'

속 시원히 털어놓으시게

언제까지 간태우며
목 빠지게 기다릴 참인가
달려드시게

그럴 때 있잖던가
생각과 마음이
마음과 생각이 엎치락뒤치락하다가
생각이
마음을 먹으면
비로소 일단락되는

속이 속이 아니니
속 터지는 소리 그만하라 싶겠지만
속마음 이기는
겉마음 있다던가

그리움 키우다
속상한 이들 많이 봤네
겉맞추려 들거나
딴청 부리지 말고

간절한 사랑이면
속 시원히 털어놓으시게
추앙하며 최애하고 있으니
부디 조람(眺覽)하여 주십사고

신천지

pandemic(세계적 유행)
cohort(집단 격리)와
forensic(과학적 수사)
social distancing(사회적 거리 두기)
코로나19가 불러들인
낯선 말들이다
온갖 신들이 널브러져 있는 곳을
'신천지'라 부른다는 우스갯소리까지

'마스크 대란'이라니
가린다고 될 일인가
웅크린다고 피할 수 있는 일인가
탐욕이 발단이었을 터
오만무도한 생각을 버릴 때가 온 것이다

그간의 무지와 몽매에 대해 용서를 구하자

일상으로의 회복을 위해
맹신의 덫으로부터 벗어날 일이다
겸손의 싹을 틔워 다시금
오붓한 삶 일궈 세울 일이다

노랑꽃창포

심교(心巧)하고
연삭삭한 그녀를 빼닮아
가만히 바라보기만 해도
이드거니하거늘

새뜻이 교감하다
애틋하고
오롯한 사랑으로 이어지길
간절히 바라노니

나뭇잎 사이 누비는 볕뉘며
사사로이 비추는 달이 되어 주시게

없는 꼬리 흔들겠는가
내 약속함세
쪼잔하게 굴거나
꼼지락대다
시금털털한 말로 실망시키지 않겠다고

아
넋 나가게 하는 그대여

금등화

가히
능소화의 계절이다

뉘라서
온축된 소망 없겠는가만

해를 거듭 살찌운
여줄가리 토대로
거침없이 내뻗은 기세

떼창 아우른
너름새 늘어놓을 양
줄지어 떼 지어
야무지게 벌인 입맵시라니

의기양양 호사롭기로
견줄 자 있겠으며
짐벙진 잔치인들
이보다 더할까

제2부

네모반듯한
기억

하늘의 소리

스스로 소리를 내는 건
사랑뿐이다

두드리지 않는데
북이 아프다 말하던가
붙잡지 않고
가로막지 않는데
물인들
바람인들 떨림이 있던가

사랑하는 이의
가슴을 껴안아야 비로소 들리는
청아한 소리
하늘의 소리

내일 또 오세요

살부드러운
바람이 분다
포쇄(曝曬)할 일 있다는 듯

자연스레
꽃들이
춤을 춘다

삽시간
편혹될 수밖에
오롯이
응시할 수밖에

침묵을 깬 한마디

고방(孤芳)한 모습
보여 드리고 싶으니
내일 또 오세요

때아닌 마법

초가을 하늘 가득
명주솜 몽실거리니

부신 햇살 깃털 삼은 빌딩들
하나둘
시샘하듯 날아오르고

잃었던 터 찾아
삽시간 몰려든 나무들의
살랑이는 초록 미소
화응하는 새소리, 개울물 소리

비밀의 문 열린 듯
몸과 맘 우벼파는
야릇한 떨림이라니

잔잔한 아침의
때아닌 마법 아닌가

혼잣말

이쁘면
뭐든 용서가 된다고?

놀소리하고 자빠졌네

살아 보라지

이리 오시게

자넨가

후출하건 안 하건
이리 오시게
난데없이 홍어가 생겼거든

이게 웬 떡인가
그렇잖아도 궁금하던 참이었네

군침 다스리는 덴
사발막걸리 만한 게 없으니
내 준비해 득달같이 뛰어감세

알싸한 취기
몽실몽실 아랑곳할
저녁놀 손잡고

정답

사랑이
뭐냐고?

그야
몰입이지

오직
너만
보이는

오선보(五線譜)

새 임무 부여받고
여기저기 자리잡은
음부(音符)들

어떤 녀석은
머리 쳐들고 한껏
날아오르려는 기세요

또 어떤 녀석은
잔 꼬리 흔들며
사뿐거리려는가 하면

여기선 꼭 쉬어 가야 한다며
입 틀어막는 아이 등
제각각이지만

언제까지
풍경처럼 바라만 볼 것인가

그들의 심장 춤추도록
내남없이 달려들어
영혼의 날개 달아 주고
맞장구치며
자존감 부추겨 주어야

잠들지 못한 별들에겐
위안이
달뜬 꿈들에겐 숨길이
무심결 배회하던 바람에겐
무량한 기쁨이

권커니 잣거니

바쁘다는 건 좋은 게 아니다

봄맞이 제대로 못한 터라
봄맛 누릴 면목없는데

촉초근한 비님
무던히도 채근하시니
못 이기는 척 나설 수밖에

상그러운 들나물 멧나물
움큼씩 뜯어다가

살진 쭈꾸미 숙회 한 쌈
막걸리 몇 사발

권커니 잣거니 입맛 다시는
만춘의 정취여

결심

남들이 뭐라건

죽을 때까지
난
노인이 되진 않으리

권유

인생길
따져 볼수록 신비롭고
아름답지 않은가

보고 싶고
하고 싶은 일
하 많으니

우리
죽을 때까지
노인이 되진 마세나

이를 어째야 쓰까이

세탁실에 놓인
쓰레기통 열다 말고
피식 헛웃음 친 게
벌써 몇 번인가

어이없다 치켜뜨는
빨랫감의 눈길
날로 매서워
번번이 화들짝할 수밖에

한 가지 일에만 집중하자
마음 다잡을수록
민망하기 그지없으니
이를 어째야 쓰까이

휘뚜루마뚜루

모난 것들의 시샘 가득한
네모난 도시
보이느니 바른모뿐

예서 제서
제각기 각을 세우니
거친 숨결
넘쳐나는 아우성에
동그라미 들어설 자리 없어라

살부드러운 곡선이야
아름다움의 속성 아니던가
꽃들이
해질녘의 풍광이
그러하듯

뭉게구름 놀던 동산
휘영청이 밝히던
둥근달이여

풍선 자동차 사이사이
휘뚜루마뚜루 뛰어 보고 싶다
탱글탱글 고무공처럼

그녀의 마음속

언제 보아도
아름답고
사랑스런 그녀

몇 번이고
몰래몰래 들여다본
그녀의 마음속

사랑과
아름다움 말고는
어떤 것도 들어 있지 않았다

그 남자 마음속

이젠
그 남자가
존경스럽고 멋지게 보일
차례다

언제 들여다보든
거리낌없이
흐뭇하도록

마음속 가득
순수와 열정
하늘빛 꿈과 넓은 아량
지혜와 재치
부드러운 미소

생선 가게

잘생긴 삼치 군단
그 옆자리

오징어 세 마리
나란히 누워 있다
제 다리 요 삼아
아무렴 제 뜻이었을라고

감불생심(敢不生心)
생전예수(生前豫修)인들
꿈이라도 꿨을까

탐식이
죄였을 터

*생전예수: 극락에 가게 해 달라고 생전에 지내는 재

실패한 흥정

날파리
때려잡으려다

내 너 살려 줄 테니
내 고통 좀 덜어 줄래?

솔깃거리다
줄행랑칠 줄이야

삶이 무거운 까닭

놀이에 몰두하는 아이들의 생동감이 사라진 지 오래다
천진난만
경탄, 호기심 어린 이성을 잃어버린 채
이익 원리에 따라 행동하는 어른들만 늘어날 뿐

자기 확신이 넘쳐나
다른 이들의 말에 귀 기울이지 않는 사람
배울 것은 없고 가르칠 것만 있는 사람
성찰보다 정죄하는 일에 익숙한 사람

낯선 것에 대한 두려움
위계질서에 대한 숭배가
진정한 대화의 단절을 부추기고
날로
엄마 되기 싫다는
철부지가 많아지는 한
더 이상의 자유와
아름다움은 지구 밖에서 찾을 수밖에

엄마,
엄마 없는 세상이라니

웃프지 않으려면

쌓인 눈 없이도 한겨울
달달 떨리기까지

뒤설렘으로 시작하다 이내
꽁무니 빼던 풋사랑이
농익은 추억 되어 아른거리다니
어쩌면 한세월 아닌가
아무렴
헛세월이있을라고

몸이 상하면
몸만 아픈 게 아니니
하고 싶은 일
하고 싶을 때 하려거든
해야 할 일
제때제때 해야 한다
입버릇처럼 되뇌시던
엄마의 말씀
오늘따라 새삼스럽지만

시시로
웃프지 않으려면
찜통 속의 만두처럼
김에 기댈 일이다

이승과 저승 사이

난데없는 부고라니
거침없이
한 멋 부리던 삶이었는데

그래
언제
어디서
어떻게 이별을 고할지
아무도 모르는 거지

담배 좀 끊어라 다그칠 때
형보다 먼저 가는 일 없을 테니
걱정 말라던 목소리 쟁쟁한데
목이 메고
가슴 아플 뿐

자존심 땜에 나 또한 그리했겠지만
떠나기 전
얼굴 함 보자 연락이나 하잖고

잘 가시게

만남 없는 연(緣)이면
이승에 있으나
저승에 있으나
마찬가지 아닌가

봉안당(奉安堂)

자리 중 제일은
잠자리건만

진자리 마른자리
갈아 눕다

한평생
번듯한 일자리에
윗자리 차지하려
앞자리 뒷자리
옆자리 눈치보다
지쳤을 즈음

들어설 자리마저
잃고만
발 뻗고 누울 자리

3호선 서곡(序曲)

얼씨구!
가야금(梧琴) 선율 흥에 겨워
숯내(炭川) 갈대밭 여울 기웃대던 두루미
부자마을 한티(大峙) 거머쥐듯 선회하다

미세기 같은 승하차 지켜보던
매봉(峯)의 황조롱이 더불어
재주꾼들 모여 사는
양재(良才)와 뽕나무밭(蠶院) 지나니
당대 무소불위의 한명회
갈매기 바라보던 압구정(狎鷗亭)일세
얼쑤!

넘실넘실
옥수(玉水)가 빚어낸 윤슬 위로
청춘열차 넘나드니
금빛호반(金湖)의 물이야
언제 마셔도 좋을 약수(藥水) 아니던가
얼씨구!

길 1

외면하거나
이용하지 않았을 뿐
길 아닌 곳 어디 있을라고

첫발자국
또 다른 발자국을 부르고
선연한 자국들 쌓이고 덮여 흔적조차 아득할 쯤
소롯길
산길이거나 들길이다
더이상 외롭지 않은 길 되었듯

우리 가는 곳
어디든 길일 테요
앞서 지나간 사람들
후회했을지 모를 길일지라도

곧아서 빠른 길 무심히 걷기보다
오톨도톨 거듬거리며 돌아가는 길
서로 응원하며
오붓이 걸어 보세나

새로워
되려 값진 경험이 되지 않을까 싶으이

길 2

어슴새벽 벗 삼아
길을 나섰다
지금껏 가 보지 않은 길을 걸어 보기 위해

몇 발짝 떼지 않았는데 불현듯
길 아닌 길을 헤매거나
길 없는 길에 들어서면 어쩌나 싶었다

길 밖의 길을 생각하다
길 위에서
길 잃을 걱정을 하다니

하지만
길에게 길을 물을 순 없었다

난감(難堪)

온 힘 다해
있는 그대로의 날 받아 준 친구라
참 좋았는데
흉스러우니 그만 버리라며
들이민 새 신

늘 그랬듯
이틀째가 되니
싸움박질 요란하다
서로가 고집을 부리는 때문일 터

마땅한 아픔 뒤라야 진전이 가능하다며
발에게 충고해야 하는 건지
제 모습 잃어 가는 신에게
미안타 사과해야 하는 건지

여행이란

여행 좋아하는 제자와
길을 걷던 스승이
문득 묻는다

여행이란 무언가?
여행이 뭐냐고요?
아무렴

한참 뒤 제자는 대답한다
여행이란 무언가(無言歌)네요
낯섦
놀람 그리고
시간의 공간성을 극복한 뒤라야 비로소
부를 수 있는

네모반듯한 기억

비뚤비뚤 서까래 드러난 보꾹과
볏짚들 삐죽거리기 일쑤인 흙벽 보며
마음먹은 일
'나 어른 되면 천정도 벽도
네모반듯한 집에서 살 거야'

모난 삶 잇대어
어느새 친구가 되어 버린
거실 대리석 벽 스크린 속엔
날마다
보리숭늉이 끓고, 동그라미 그리며
피라미가 파닥거린다

승부욕

숲속 언덕길에서
떼구루루 앞서가는 솔방울과
달리기 시합을 했다

내가 이겼다

피식
혼자 웃었다

친구여

까만 소금밭에서
하얀 소금이
반짝거리며 웃듯

우리 서로
그렇게
영글어 가세

엄마 생각

입쌀밥에
절로 군침이 흐르고
밥상에 고스란히 얹힌
엄마의 손맛으로
배불리던 시절
그때의 추석이
말 그대로
명절이었습니다

미상불
입에 올리기도 서먹한 고향이지만
오래도록 낯설어
더불어 회상할 친구조차 없는 그 고향이
오늘은 유난스레
눈길을 스칩니다

따박따박
'섬집아기' 흥얼이다
나지막히
'엄마'나 한번
불러 봐야겠습니다
고운 모습으로
환히 웃으시던

가을 저녁

엄마
떠나신 지
언젠데

빈방
기웃거리는
추석(秋夕)이라니

마냥 좋으리

참기름 휘휘 두른
겉절이의 감칠맛

봄동이
그중 으뜸인 건
들창코 아니어도 끄덕일 터

군침 돋기로
목련꽃 둘러선
툇마루인들 마달까

스렁스렁 해질녘
불알친구 술벗이면
탁객(濁客)의 휘청거림도
마냥 좋으리

소천하셨습니다

하늘의 부름 좇기가 쉽지 않다는 걸
새삼 알게 되었습니다
많은 시간 식음을 줄여 오셨던 까닭도
우선은 몸을 가벼이 하기 위함인 줄
뒤늦게야 깨달았습니다

세속의 때 말끔히 씻어 낼 때도
커다란 옷 여러 겹 입혀 드릴 때도
불평 한마디 하지 않으셨습니다
핏기도 표정도 없는 얼굴은 이미
철없는 응석 받아 주시던 엄마의 그것이 아니었습니다
이별의 속절없음과 생명의 유한함을 일깨워 주시려고
일부러 그러셨을 겁니다

종이 꽃신을 추진기인 양발에 묶고
우주선으로 들어가시면서도 여전히 묵비권을 행사하셨습니다
잘 있으란 말씀만으로도 금세 울음바다가 되리란 것쯤은
미리 아셨을 것입니다
회한으로 미어지는 아픔이 눈물 따라 발등에 쌓여
망부석이 되고 말리란 것 또한
보지 않으셔도 훤히 아셨을 것입니다

경우에 밝은 분이셨기에
때를 기다려 소천하신 것까지도
자식들 때문인 줄 잘 알고 있기에 고백합니다
부모를 여읜 자식들은 모두가 죄인이라는 말을
이제야 이해하게 되었습니다

멍한 시선의 저희에게 남겨 주신 화두는
'사랑'이었습니다

지기

의지와 기개 아우르는
지기(志氣)도 좋지만
속마음 참되게 알아주는
지기(知己)
미쁘기 그지없는데

사랑채 지키던 사랑지기
밤바다 밝히던 등대지기
종지기, 묘지기
사라진 지 아련하니
10년지기
미소지기여
심우(心友)의 명맥
오래도록 이어 가시게

비워 냄과 싹틈이 갈마들고
마음 헛헛해
일손 잡히지 않을 때일수록

언제나 함께해 주길
곡진히 바라게 되는
나의 사랑 옆지기

할아버지

어느 결에 익숙해진 말
할아버지
두 돌쟁이부터 한 살 터울의 다섯 녀석
결결이 불러 대니 그럴밖에

"우리 달리기 시합해요"
털갈이한 병아리처럼 의기양양 덤벼들 때마다
무심결 나오는 말
요 녀석들 보게

품에 안겨
새근대던 숨결 참 좋아
그 모습
한결같길 바라는 건 망령일 터
지금의 먹성 그대로
무럭무럭 성장하길
소망할 따름이여

제3부

흐르는
강물처럼

때문이다

도무지 나아질 것 같지 않은 아수라장이,
괜찮은 구석이라곤 찾아보기 힘든 시국이
지리멸렬 지속되는 까닭은
넘겨짚을 뿐
이리저리 헤아리는 마음 앞세우지 않기 때문이다
혼자 힘으론 그 어떤 것도 이룰 수 없음을 모르기 때문이요
들판이며 산속의 푸나무도 아는 계절의 변화를 감지 못하기 때문
이다
땅의 표정은 물론 물소리 바람의 얘기를 외면하는 까닭이요
생명 잇대는 인연의 소중함을 소홀히 여기기 때문이다

인생이 단거리 경주인 줄 착각하고 앞만 보며 치닫는 젊은이들
아이 낳는 일조차 잊어버린 까닭이요
화려한 옷차림의 해골(라 까뜨리나)들 우글대는 그곳의 땅값이
턱없이 비싸기 때문이다
'갑질' 일삼는 것이 잘사는 것으로 오인한 소인배들이 하 많은 까
닭이요
맘껏 우롱해도 나무라는 이 없다며
입만 열면 국민 여러분을 사랑하고 존경한다 떠들어 대는
완장들이 설치기 때문이다

나처럼,
아이들 때문이라 해 놓고 금세
초점을 흐리는 치졸한 인간들이 넘쳐 나는 까닭이다

철모른다 나무라기커녕
아이들처럼
살 일인 것을

하소연

"기회는 평등
과정은 공정
결과는 정의로울
것입니다"
귀에 쟁쟁한데

소통의 부재라니요
화합은 또
어디서 찾아야 하는지요

어제 걷던 길
오늘도 걷지만
더이상 같은 길이 아님은
초심을 잃었기 때문
아닌가요

어깨를 걸고
더불어 걷고 싶은

새길이 될 수 없는
이유입니다

날지니

해변 높은 절벽에서
독야청청하는 기개를 보았는가

바람 거슬러
빠르게 난 적 없으며
순리 거역해 본 적 또한 없으니
하늘을 지배한다 말하지 말며
매파(The Hawks)라 부르지도 마라

절체절명의 순간을 위해
용기의 날개에 소망의 광채 싣고
정지 비행하는 인고

치상돌기 곧추세우고 있지만
주린 배 채울 때 아니면
수직 강하 삼가는 절제
그리고 침묵

하시라도
비상 막을 이 있을까마는
내가 추구하는 건 자고로
냉철과 예리
그리고 화평일 뿐

나는 단지 '날지니'

울뚝성(性)을 잠재우자

거친 목소리들 도처에서 날카로우니
세상 참 소란스럽다
'나뿐인 사람'들이 많아서일 터
상대를 멸시하고 조롱하면서 거두는 쾌거라면
피루스의 승리(pyrrhic victory)처럼
이중의 패배 아닐까

다른 존재들에 의해
지지받으며 기여하는 삶 그대로
생명의 신비이자
창조적 공생 관계인 것을

찬란한 봄날
덕을 세우는 하늘의 언어로
지며리지며리 피워 내야 할
웃음꽃이여

*피루스의 승리: 패배나 진배없는 승리

아름답기는

바람 걸어가는 길목마다
슬멋슬멋
들풀들 키들거리듯

나도 남들처럼
평범한 삶
당당하게 살아 보고 싶다
소박히 말하는 이들

맑은 하늘 빼닮아
구김 없는 마음 애섧지 않고
기댐 그대로 미더워
풋풋한 인정미 나누는
그런 사람살이

그땐 나서라 네가

능력은 고사하고
소명 의식도 없으면서
애오라지 명예욕에 급급해
나 아니면 안 된다고
내가 최고라고 떠벌리는 놈 있거든 무시하라
단호히

더 나아가

누구라도 할 수 있고
누군가는 해야 할 일
아무도 덤벼들지 않거든
그땐 나서라
네가

소망 피워 낼 감내,
세상을 변화시키기 위한
고통은 숭고하다
더러더러 묻히고 마는
그런 아름다움은
두고두고 감동을 주기 때문이다

다 때가 있다

다 때가 있다
목욕탕
안에 있건 밖에 있건

혜풍(惠風) 맞이야
일러 말이겠으며
성자의 맘속인들
예외일 수 있을라고

꽃 피우고
바람피우고 싶어도
다 때가 있다

따져 볼 일

"내 생각과 다르다고 해서
그 사람의 생각이 틀렸다 말하면
안 되지"

따져 볼 일 아닌가
옳은지 그른지
같은지 다른지
맞는지 틀리는지

답이나 사실 따위가
틀림이 없다면 맞는 거고
같은지 다른지야
비교해 보면 금세 알 수 있을 터

옳고 그름을 가리는데
사리나 격식에 합당한지를
따져야지
엉뚱한 잣대를 들이대서야 쓰겠는가

사랑한다면

사람의 마음을
어찌 톺아볼 수 있을라고

아름다움조차
착시 현상처럼
짐짓
그리 받아들임일 뿐

시시로
옴살이다가
추앙이 된 사랑
그 거룩한 신비가
어찌 우연일 수 있겠는가

맑은 눈빛으로
가슴의 언어로
아니
존재 전체로 말할 일이다

*옴살: 매우 친밀하고 가까운 사이

*추앙: 높이 받들어 우러러봄

주섬주섬

지싯대며 고샅길 일깨운
바람 아니고서야
움츠리고 사렸던 몸들
생기 얻을 수 있을라고

한뎃잠도 좋아라
마냥 날뛰던 추위
주섬주섬
뒷걸음질 여념 없으니

달라 보인다
말해 줄 때요

서로에게
봄소식이 될 일이다

묵묵히

그대
내게
무슨 재미로
사느냐 묻는 겐가?

무심히 말고
유심히

더하여
묵묵히
이슬떨이
되어 보시게

이보시게

금수저조차
각자도생할 수밖에 없는 세상이니
심중에 소명 아로새길
벽 하나는 있어야겠지만

벽도 벽 나름인지라
소복담장(素服淡粧)이나
연벽(連璧)이라면 모를까
철벽 쌓는 일만은 삼가야지 않겠는가

봄이 왔음에도
무관심들 쌓이고 쌓여
차지지 않은 흙더미 보이던데
호박돌 주워 모아
옹벽 정원 만들어 보지 않을랑가

담쟁이넝쿨 분분히 노닐고
담자리참꽃 담소자약할 수 있도록 말이시

연약한 생명들의 은신처
돌 틈 아니던가

속단은 금물

해마다 꽃 피우는
푸나무들 보면서도
아이를 낳을 것인가
낳지 않을 것인가
노심초사한다고?

성스러운 엄마이기를
포기하는 것이 어디
선택의 문제인가

칼날 같은
걱정과 두려움의
경계선 위 바장대며
하늘이 주는
선물이자 희망을 설레설레
외면하는 것이다

속단은 금물

인생 아름답도록

사람답게 살아 볼 일이요

보람 있게 살아 낼 일이다

미미할지라도

언제까지 산 위만 바라볼 참인가
그만하시게

혹여 영혼 묻힐 곳이면 더더욱
눈길 돌려
차분차분 더듬거려 보세나

자락 길 따라 늘어선 푸나무
조석으로 다독이는
살가운 바람

썰물에 길 내주려
여기저기 솟구치는
갯벌

거침없이 제 살 가르며
새싹과 뿌리 앙양하는
흙의 마음을

미미할지라도
낮춘 등 딛고 올라선 누군가
희망 붙잡는다면
그로써 기쁨 크지 않겠는가

뒷모습 아름답도록

밤낮없이
하늘 채우던
매미 소리 잦아드니

눈 부라리던 태양도
슬그머니 뒷걸음질치는 건

콩당대는 귀뚜라미와
살랑바람의 손짓 때문이라네

열기 아직 여전한데
이전투구에 무모한 객기뿐이라니

등 뒤서 손사래 치는
아이들의 낯빛을 살피시게

생명과 평화의
존엄 위해

줄지어 앞서간
의인들의 뒷모습 아름답도록
계보 이어져야지 않겠는가

담는 게 먼저라네

그대여
꽃을
바람을
강물을 닮고 싶은가

맘속에 그들을
구김 없이 담는 게
우선이라네

빈 장갑이
손을 받아들인 뒤라야
비로소
제구실하게 되듯

혼자 있어도

매혹의 이슬 매단
솔바람 내치지 못해
쓸쓸 비용 만만찮다지만

눈부신 햇살 씨실 삼아
몽실몽실 살찌운 하얀 꿈들
고스란히 황홀경 되고

억새꽃 등 소르르 타고 와
귀 기울이지 않아도
또렷이 들리는 강바람 소리면

주객의 경계 사라져
혼자 있어도
무량 외롭지 않더이다

너도 네가 되어 봐

요즘 난
내가 되어 살아
그런 내가
난 좋아

너도 네가 되어 봐
서로 싸우진 말고
자유가 뭔지
알게 될 테니

그대 마음 내 마음

그대 마음
내 마음

동그랗게 동그랗게
파문 이는
빗물이어라

손에 손잡고
노래하며 춤추다 종국엔
가슴을 파고드는

단짝

봄
숲
샘…

참
고운 말이다

봄이 볕을
숲이 길을
샘이 터를 만나면
정감이 더해진다

봄볕 숲길 샘터
물결 솜털 글벗

홀로 있을 때보다
서로에게 좋은 짝이 되는 말들이다
소박한 인정이 느껴지는 말들이다

사람이고 싶네

"저 인간 좀 보시게"

사람이라 일컫지 않고
인간이라 불리는 것 만한
낯부끄러움 또 있을까?

사람 쓰레기란 말
마뜩지 않은 것처럼
좋은 인간이란 말 또한
낯설기 그지없잖은가

꿰이고 엮이기 전
치심(稚心) 일깨워
부드러운 미소의
사람이고 싶네

새해 인사

'새해'라고 써 놓으니 그 위로 눈이 내립니다
'시작'이라고 써 놓으니 그 위에 눈이 쌓입니다
가볍게 쌓여서 조용히 이루어 내는 경이로움 속에서
깨끗함과 겸손함이
새해 시작의 마음인 것을 알았습니다

고백하거니와
책임과 자유의 한계를 구분 지으며
여유 있어 더욱 좋은 삶을 살아 보자니
얼마나 많이 노력하고 긴장해야 하는지 모르겠습니다

하지만
겨울에 그랬듯이
봄날에도 또한 어울리는 삶을 살고 싶습니다
좋은 소식 기쁜 소식 주고받으며 살고 싶습니다
잔잔한 미소 앞세워 악수를 청하는 사람들과
늘 함께하고 싶습니다

다함이 없는 은총 속에서
즐겁고 건강한 삶이 소망과 함께 어우러지는
행복한 새해 누리시길 기원합니다

거룩한 기도

거룩함이 가슴속에 채워지면
구하는 것들이 달라지기 시작합니다
새로운 존재로 빚어지기 때문입니다

뭔가를 채워 달라고 하던 기도가
자기 비움을 위한 기도로 바뀌고
사랑받기를 구하던 기도가
사랑에 무능력하지 않기를 바라는 기도로
나의 영광과 평안을 구하던 기도가
하늘의 뜻을 따르게 해 달라는 기도로
고통에서 벗어나게 해 달라던 기도가
아름다운 세상을 만들기 위해
사랑의 수고를 마다하지 않게 해 달라는 기도로 바뀝니다

이런 기도를 바치며 살 때
우리는 영혼의 자유를 경험하게 됩니다
이보다
마음 든든한 일이 또 있을까요?

절망을 일으켜 세워
희망이 되게 하는 것은 사랑뿐입니다

마른 미손 짓지 마시게

사르륵사르륵
외진 곳 찾더니

기어코
목 놓아 빠스락거리는 그대여

서글픔이야 어쩌겠는가만
생기 되찾는 대로
돌아올 줄 내 아노니

굳이
마른 미손 짓지 마시게

혹여라도
동장군에 채일까
주섬주섬 햇살 담아
소쿠리째 덮어 줄 테니

영감 찾아올 때까지

그대여
깊은 밤 뒤척이다
파도마저 잠든 칠흑의 바다
물끄럼말끄럼 바라보다 돌연
하늘 문 열리는 소리 들어 보았는가

여과 장치 거치지 않은 햇살 올올이
바람 깨워 콧노래 청하는 대로
잠잠하던 감각들
이내 선회하고 솟구치기를 반복하니

칼바람 코끝 도려내더라도
해감하듯 자아를 비워 내며
기다릴 일일세
가슴속 따스히 영감 찾아올 때까지

흐르는 강물처럼

냇물과 함께 놀던
그때가 좋았습니다

모난 데 없는 조약돌의 손맛이 그랬고
굳이 모양 좋은 수영복 입지 않아도 즐겁기만 하던
그 시절이 좋았습니다

삐뚜름한 냇가 바람막이 삼아 지피던
모닥불의 따스함이
장딴지 간지럽히던 송사리 떼의
장난기가 그립습니다

언젠가는 그곳에 다다르고 말겠지만
아직은 바닷물이고 싶지 않습니다

안 되겠다 싶음
큰비 불러 대청소 마다 않는 열정이
때로 두렵기도 하지만

떼밀 듯하다가도 이내 감싸 안는 부드러움이
사소한 일쯤은 못 본 척 눈감을 줄 아는 여유로움이
어떤 투정도 내치지 않고 받아들일 줄 아는 포용력이
살이든 뼈든
원하는 대로 얼마든지 내어 줄 줄 아는 넉넉함이
모두의 젖줄이기도 한 강물처럼
언제 봐도 느긋하게 흐르는 강물처럼

그렇게 살고 싶습니다

신원(伸冤)

전쟁통 아님에도
원혼(冤魂) 떠도는 세상을 살자니
심란스럽기 그지없잖은가

생때같은 자식
졸지에 잃은 부모 마음
가늠조차 할 수 없으니
기껏 말참례히 는 꼴일지라도

유족들이 신원(伸冤)할 방도를 찾는 건
시대적 소명이어야지 않느냐
엄중히 따져 묻고 싶은 이 어디 나뿐일까만

일찌감치 알았어야 했다
아이도 길러 보지 않은 녀석에게
국대(國代)의 자격을 줘선
안 된다는 것쯤은

웃음가마리

빈정거리기 일쑤인 사람은
조소(嘲笑) 또한 밥 먹 듯하고
말 앞세우는 사람치고
말 뒤에 숨지 않는 이 없다지만

웃음가마리 앞에 두고
쓴웃음 짓다
실소(失笑)하는 난 또 뭐란 말인가

내가 아는 내 모습과
옆지기 에둘러 대는 내 모습이 같지 않으니
필경
관계의 거울 속 하나하나 들여다보며
실상을 가늠해 볼밖에

마실 간 지 오랜 측은지심은
언제나 돌아오려는지

*웃음가마리: 남의 웃음거리가 되는 사람

일망타진(一網打盡)

염병하다 문드러질 년
지랄하고 자빠졌네

밥 빌어 죽 쑤어 먹다
날벼락 맞아 뒈질 놈 같으니라고

병신 육갑도 분수가 있지
육시랄
능지처참해 마땅할 놈들 아닌가

듣기만 해도
섬뜩한 말들 이뿐일까만

샅샅이 뒤져
보이는 대로 박살 내다
갈기갈기 찢어발기고
깡그리 쓸어 내버려도 시원치 않았을 테지

아

인욕바라밀(忍辱波羅蜜)이여

피안(彼岸)이여

단상

극복할 수 없는 시간의 공간성

사막을 관통하는 나일강
가장 오래되고
가장 오래 남을지도 모를
피라미드
불멸을 꿈꾸던 왕들의 무덤과
묻혔다 되살아난 신전들
문명의 융성에 잇댄
낙후된 삶
남청빛 하늘과 스모그
그리고
선연한 신기루

바람 더불어 살아온
돛단배의 조용한 움직임 외엔
모두가 아이러니

제4부

봄 중 제일은

참 좋은 말

'ㄴ'과
'ㅁ'
'ㅏ'로
만들 수 있는

나만

남만

난마

남남

만남

이 중 제일은
애틋이 그리운
만남

사랑

'사람'안에
들어 있는
모난
마음을

둥글려야만
가능한
'사랑'

시옷이 이끄는

샛별처럼
새록새록
싱그러운 말들

섬김이나
사랑 앞세워야 한다 말하지 않아도

서로에게 새콤달콤
사각이는
사과가 되고

산속 나무들처럼
사이좋게 지내며
소중히 여기던 이웃들과

사람 인(人) 닮은
사이시옷 끼면 정겨워지는 샛길 너머
소싯적 멱 감던
시냇물 소리 찰바당찰바당 그리운데

새삼스레
소망하기는

생글생글
시원시원한 성격에
순결한 마음 가진 이들

속 시원한 세상에서
소금처럼 살아갈 수 있기를

나이

나이의 어원이
'낳다'라니 놀랍다

나이를 먹어선 안 되는 거였잖은가
이제껏 먹은 나이는 어찌해야 한단 말인가
다행이다
말은 그리했어도
버리지 않고 차곡차곡 쌓아 뒀으니

생일이 되면
거듭나는 날이니
보다 새로워지라며
축복해 준 걸 이제야 깨닫다니
이런 한심한 일이 있나

그간 내가 낳아 온 나와
엄마가 낳아 길러 준 나가
사뭇 다르니
이 또한 난감한 일 아닌가

기억조차 가뭇한 나, 나, 나에게
용서를 구하며
지금의 나에겐
'괜찮은 사람'이란 말이 어울리도록
신독(愼獨)과 겸손
사랑과 감사의 삶을 이어 가 보자

실세(實勢)

너
아직 실세지?
실세는 무슨
실세(失勢)한 지 언젠데

썩어도 준치란 말 있잖아
진어(眞魚)며
'물속의 서시(沈魚)'라 불리던 때가 좋았지

요즘 실세란 말 잘못했다가 큰코다치는 거 몰라?
다신 거론 않음세

그건 그렇고
자네 집의 실세는?
길길이 날뛰지

그 실세 말고
얼마 안 돼
그리고 자꾸 떨어져
저런!

詩

세상더러
조용히 하라고
점점 힘을 빼며 하는 말

쉿!

쉬~

시~

금성

그대는 나의
'vesper'라 부르면
난데없이 무슨 소리냐는 말 듣기 십상일 테고

'개밥바라기'라 부를라 치면
미쳤느냐 펄펄 뛰겠지?

'샛별'이라거나
'venus'라 말하는 것이
상책일 터

1기와 5기 사이

일기죽거림이 유난한 그녀의 허리 오늘따라 표연(飄然)하다

이기적인 유전자를 가졌기 때문일까

삼기름을 상용한 덕분일까

4기(土氣) 떨어질 때도 되었으련만

5기(傲氣)로 이겨 내나 보다

go, go

말고
말고
말고

하고
하고
하고

다 잘될 테니
웃기도 하며

신조어 풀이

외면할수록
더욱 생경스러울 신조어

그중
혼족
홀로족
FORME족의 공통은
'vocalise'처럼
모음만으로도
대화가 가능하다는
우김질

*vocalise: 모음만으로 부르는 노래

*FORME: For health

One

Recreation

More convenient

Expensive

자신이 가치를 두는 일이면 고가 비용이라도 과감히 투자하는 소비자

*욜로: '나 홀로'와 자신의 행복을 가장 중시하며 현재를 즐기는 것을 뜻하는 욜로
(YOLO: You Only Live Once)

'부사'로 살자

'명사' 말고
'부사'로 살자 싶어
그 뜻 새겨보니

흙이 붙어 있는 뗏장(浮莎)을 일컬음이요
동사의 뜻을 분명히 드러내는 말이라니
이 얼마나 좋은가.

즐겁게
때론 신나게
건강하게

부드럽게
너그럽게
여유롭게

의연하게
겸손하게
담대하게

원만하게
소박하게
가끔은 세련되게

고상하게
우아하게
아름답게

사람답게
어른답게

상청(常靑)하게
행복하게

멋지게

봄

보아야 보이고
느낄 수 있다니

눈여겨 봄
맡아 봄
만져 봄
담아 봄

그대 이름을
가만히 불러 봄

봄 중 제일은

움트는 봄
꽃피는 봄도
하 좋지만

봄 중 제일은

찻잔 사이 두고
마주 앉아
바라봄

품고 낳고

겸손이 감사를 품고
감사가 또 다른 감사를 낳고

감사는 미소를 낳고
미소가 대소를 낳고
대소는 사랑을 낳고

사랑이 사랑을 품고
사랑은 행복을 낳고
행복은 평화를 낳고

평화는 날개를 낳고
날개는 하늘을 품고

하늘은 해와 달과 별을 낳고
해와 달과 별은
꿈이 되고 또 다른 꿈을 품고

오늘

오(oh!)
늘(always)

기적(miracle) 같은
새날이여

객소리

시(詩)가 이따금
상(想)을 품안으면
이내 별처럼 빛나더래

내친김에
그간의 시들 엮어
집 마련해도 되겠다 싶었고

신에 관한 작품 몇 편 써 보려다
급기야
시신이 될 뻔했다누먼

겸연히 더하기를
시인 말고
시객이고 싶었다지

한마디 거들고 말았다네
인생은 대체로 바보이다가

나이 들어서야 비로소
조금씩 소중한 가치를 깨닫게 되니
용기 잃지 말라고

조언

새는 가만히 있는데
나무가 나무란다고?

그냥
존중해 줘

그러자니
너무 힘들잖아

힘은 드는 게 아냐
내는 거지

연연(軟軟)한 사람처럼
연연(戀戀)해하지 마

바다 드림

더 이상 필요치 않습니다
커피 한 잔이면 충분합니다

그냥 오셔도 됩니다
언제라도 괜찮습니다
있는 그대로
받아 드릴 준비가 되어 있으니까요

중요한 건 마음이잖아요
하늘 높은 오늘은
일렁이는 푸른
바다를 드리고 싶습니다

비소

투명해야 할 세상 유리
갈수록 투박스러워
나오느니 비소(鼻笑)와
비소(悲嘯)요

말문 여는 대로
이내 맞서는 형국이니
비소(非笑)와
비소(費消)라

선선한 바람결에
바라고 바라기는
나뭇잎 새 햇살 같은
미소(微笑)뿐

*鼻笑(코웃음)

悲嘯(울부짖음)

非笑(거짓 웃음, 개 짖는 소리)

費消(소모, 쇠퇴)

'잘'이란 말

어릴 때부터
줄곧 들어 온 말
"뭘 하든 잘해야 한다이~"
"예"
한결같이
공손한 태도로 대답했는데
불효였다니

70이 되어서야 찾아본
부사
'잘'의 의미가
옳고 바르게,
좋고 훌륭하게,
익숙하고 능란하게라잖은가

이제라도
잘 살아 보자
다짐해 본다

더위를 먹는다

더위 먹으면 안 된다시던
엄마의 말을 거역하며 살고 있다

'여름'이 열매의 옛말임을 알게 된 후
그 의지 더욱 강해졌다

땀기 느껴 보지 않고
어찌 바른 성장이 가능하겠으며
강렬한 햇살 외면한 초록이
어찌 생명의 빛일 수 있겠는가

물먹은 나무들의 넘치는 생기를 보라
잘 먹어야 제대로 살아갈 수 있잖던가
난 오늘도 부지런히 여름 더위를 먹는다

잘 익어 가기 위해서다

북

사전을 뒤적이다
"북은 칠수록 소리가 난다"는 속담이
못된 사람과 싸우면 손해만 커진다는 뜻임을
그리고
푸나무의 뿌리를 싸고 있는 흙을 두고
'북'이라 부름을 알게 되었다

북돋우며 살 일 아닌가

용기 잃지 마라
다독이는 것도
빗물에 쓸린 북 돋는 만큼이나
소중한 일임을 새삼 깨달아
그간 간직해 온 얄팍한
마음 공책을
북
북
찢어 내고 말았다

이만저만하다 보니

우물우물
가물가물

삐걱삐걱
느릿느릿

쭈볏쭈볏
앙가조촘

사실이야?

그렇다니까
간밤에 만나 똑똑히 들었거든
오만 때문에
신의 분노를 사 추방당한
샛별(Lucifer)이래

여신이었겠네
그럼, 초저녁 별이기도 했으니
팬덤(fandom)의 시조(始祖)일걸

어쩐지 옷깃 여미는 기품이
고고하기 그지없더라니
벌, 나비는 아예 초대도 않잖아

자존심까지 버렸겠는가
우듬지만을 고집하는 것이나
건장한 자태의 유난함도 예사롭지 않지만
기세(棄世)의 의연함은 또 어떤가

가히 목란(木蘭)이라 불릴 만하지

봄이었을 거야 이승의 꽃이 된 그날도
모권사회가 다시 힘을 얻게 될 봄을
청정의 마음으로 기다릴 거래
그때가 되면
원래의 이름을 불러 달래

원래의 이름?
음, 아프로디테(Venus)

참 다행입니다

운이 좋아
뜻밖으로 일이 잘됨
'다행'의
사전적 풀이입니다

설움도
기쁨도 분할할 수 없는
삶의 과징인 것을
견뎌 내고
누리며
소박한 일상을
사랑해야 하지 않을까 싶습니다

고맙게도
살아 있기에
기대하고
그리워하고
바라볼 수 있어
참 다행입니다

웃을 수 있어
행복합니다

더 더 더

더 강인하게
더 담대하게
더 화끈하게

더 냉철하게
더 지혜롭게
더 은혜롭게

더 부드럽게
더 따사롭게
더 감미롭게

왜지?

달그림자 거부하며
서슴없이 질주하는 폭포 따라
메아리 우렁찬
산마을에 태어나

솔잎 안은 햇살
바람 거친 노래 빼닮아
당차고 다부진 모도리라
칭찬이 자자한 중

윗님들 권면 따라
아랫마을 드나들며
어깨너머문장이더니

끝내
노름마치 되고 만
순둥이가 생각나는 건
왜지?

깨달음

노을빛 품은
섬 바라보듯

먼발치서
난개한 이팝나무 쳐다보며
'한여름에 웬 눈이람'
외면수새하다
뺨 맞은 꼴이라니

떼 지어
혹은 외로이 핀 꽃일수록
흘깃 올려보거나 내려보면
안 될 것이

잎가지 올곧아
춤사위 좋은 꽃일수록
맑은 바람 소리 반기고
다가들어야 비로소
흐느껴 우는지 웃고 있는지
알 수 있다는 걸
왜 진작 몰랐을까

풍경

이쁘디이쁜 하늘 지척임에도
그지없이 적적한 몽돌밭

홀로 누워 양지받이하는
시집(詩集)에게
맨 먼저 다가와 건넨 건
까치발 구두 챙겨 신은
한 무리의 걸보였다

느낌표 풀어놓으려 온 걸
어찌 알았을까

순식간
의장대 사열하듯
사뿐대며 환대하고
바람도 따라
호록호록 책장 넘기며
낭랑히 목청 돋우니

모래톱 껴안은 말간 잔물결
사르륵사르륵
잠재우기 여념 없음은
굼뜬 화답이었다

제5부

눈 내리는
마을에서

개춘(改春)

미적대고
꼬물대고
주춤거리다

사부작사부작
오시는구려

꽃눈 앞에서

크든 작든
죽어라 하고
하작여 돋아난 싹이며
된추위 견뎌 낸 꽃눈 앞에서

우리는 가끔
겸손할 필요가 있다

더군다나
손꼽아 기다렸다
구두덜댄 자 있다면

그들의 소명의식 우러러
찬사를 건네야만 한다

그들의 꿈이
바람결 따라 날갯짓하며
하늘에 다다를 수 있도록

봄바람

삭풍과 달리
봄바람이 따스한 건
땅속 새싹들의 입김이 모여
바람이 되기 때문이다
우듬지 흔들어 댈 힘은 못 되어도
산수유 꽃눈이며
버들강아지 잎눈 어루만져 주는 사이
정감이 감돌아 흐르기 때문이다

새봄 맞이하고픈 마음들이
한결같기 때문이다

마음부터 붉게 물들여야

꽃이 피지 않으면
봄일 수 없습니다

작년에도 그랬듯이

어우렁더우렁
봄맞이하고 싶거든
마음부터
붉게 물들여야 하는
이유입니다

봄비

부슬비 하염없다고
스산해 마시게나
잠시 휴식 중인
해님 계시잖은가

틈나거든
마지못한 듯 하얀 옷 벗어 든 채
배시시 웃고 있는 벚꽃들
그들의 붉은 속내
찬찬히 들여다보시게

미소 번질 걸세

새싹 1

연둣빛 새싹
입에 물고
해지도록 파들거리는
실가지

저마다 품은
꿈들이

어찌
작을 수 있을라구요

새싹 2

살랑살랑 아롱아롱
올랑올랑 소곤소곤

두근두근 콩닥콩닥
올망졸망 기웃기웃

들썩들썩 삐죽삐죽
벌름벌름 헤죽헤죽

몽실몽실 벙글벙글
사뿐사뿐 발밤발밤

봄과 봄 사이

긴 긴 겨울
단 한 번이라도

의연한 상고대
서리서리 피워 낸
눈꽃
그윽이
눈여겨보지 않은 이에게

꽃눈
성글거려도
종내 보일 리 없는
봄과 봄 사이

목련꽃

그지없이 스스럽더니

이내 성숙한 여인 되어
상앗빛 속살 보이며
마음까지 숨기지 않는
입 헤픈 수다쟁이?

이번 봄만은
오래 수줍다가
외투야 벗더라도
야무지게 여민 적삼만은
그대로 두려무나

어디 이뿐일라고

줄지어 늘어선
수양버드나무

실눈 뜬 하늘 향해
물감 뿌리다
고스란히
뒤집어쓴 모습이라니

쑥 내음 같은 미소
절로 번질밖에

어디
이뿐일라고

이팝나무

타닥이는 소리 들리지 않았는데
어느새
튀밥이 범벅

바람 따라
고슬고슬 쌀밥이다가
구수한 쑥버무리이다가

아카시아 향 킁킁거리며
눈으로만 먹어야 하는
입쌀이라니

꽃이 피는 까닭은

다문 입이 더 곱다
말 들어 알면서도

서둘러 꽃을 피우는 건
꼭 해야 할 말이 있기 때문이다

사랑한단 말
때를 놓치면 안 되기 때문이다

설렘

꽃 만발한 곳마다
잔칫집 분위기라는데
도대체 일렁일 줄 모르는 설렘은 어쩐다지?

봄 없이도 살 양
얼음눈 속의 복수초
매화며 바람꽃 볼 생각 안 했으니 망정이지

마주칠 꽃들
모른 척할 자신 없다면 이제라도
마음 한 곳은 꽃밭이거라

소요(騷擾)

소소리바람 휘돌다 간
자드락길 섶
담황빛 산수유 꽃들의
소소(炤炤)한 눈짓 넘겨보다
아! 봄이구나

멈칫대며 웅얼거린 게
어젠가 싶은데
강변길 가득
샛노란 개나리 시위라니

불현듯
꽃은 늘 웃지 않을 뿐더러
아무에게나 미소 짓지 않는다는 말 떠올라
푸릇푸릇 노릇노릇
안절부절못하는 심사여

벚꽃 아래서

낯가림의 유전자
아예 없다는 양
아무 데나 터를 잡고
몸집 큰 녀석일수록
되알지게 꽃 피워 내는 이유
이제야 알겠다

다섯 잎 하얀 직심
굳이
가녀린 꽃꼭지에 모두어 놓은
속내까지

봄날의 함박눈이라 부르든
꽃비라 부르든
아랑곳 않으며
오달지게 춤추는
능청스러움이야 교태겠지만

꽃잎들 한데 모아
결결이 꽃길 만들어 놓는 건
다만 가난한 이들을 위한
오롯한 배려

레드카펫 못지않으니
당당히 걸어 보라는

가난한 자가
넉넉함으로 기뻐하는 것이
기쁨 중 최고임을 알고 있다는 듯

바람

꽃잎
떨어지며
아프지 않도록

벚나무 있는 곳

모두
흙길이면 좋겠네

심심히 봄

서리서리 타래치던
땅의 기운
틈새 기적이 되고

밤낮없이 뿜어내던
하늘의 숨결
심심(甚深)히 유채색 되는

들녘 작사
실비 작곡
꽃샘바람의 노래

찔레꽃

눈여겨보지 않고서
어찌
이채로움 맛볼 수 있으랴

하냥 되바라진 맨드리에
헤죽거리기 일쑤라
바람인들
머물고 싶을까만

불현듯
콧등 거머쥐고
시선 끌어대는 기세라니

숫처녀들 모여 앉은
하얀 옷섶 사이사이

봉곳한 속내여
샛노란 유혹이여

봄 산이

봄 산이
저리도 화사한 건

가지마다
아지랑이 휘감아
수놓기 여념 없고

산벚꽃 다문다문
등불인 양 팔랑이는
앳된 미소 따라

지금 아니면 언제겠냐며
옴찔거리던 조막손들
다보록다보록
옷고름 풀어내기 때문 아니겠는가

귀 기울이지 않아도
맑히 들리는
작은 꿈들의 하모니여

5월

너만 푸르니?
나도 푸르다
푸릇푸릇 저마다
키 재기에 여념 없는 5월

5월만한 푸름이
또 어디 있을라고
꽃 말고는 모두
푸르고 푸르니
파랗던 하늘조차 푸를밖에

강물마저 푸르러
이 강산 평화롭도록
구름아,
마음 푸르지 않은 이 보이거든
초록 비 내려 주렴

꽃무릇

못내 그립고
애드러워
얼마나 울었을까

보고픈 맘 잎에 새겨
땅에 묻고
꽃대 가득 그리움 고이다
벌겋게 토해 낸
서러움이여

달(種) 없이
대를 이어야 하는
고독한 순례(循例)
고결한 자해(自害)

*달: 심마니들의 은어로 '씨'를 이름

샤스타데이지

청순한 5월의 꽃이여

새하얀 적삼 떼 지어
섬섬(閃閃)히 나풀거리는 미소
마주할수록 애틋한 맵시의
샤스타데이지
꽃말 그대로 평화로워라

어쩌면
저리도 정교할 수 있을까

칭칭 둘러맨 치마폭 가득
빼곡히 숨어 안긴 꽃술들

움켜쥔 손 펴지 않고는
새 세상 누릴 수 없다는 걸 아는 양
때를 가려 정갈한 속옷고름
마저 푸는 배려라니

햇살 따라 날아든 백접(白蝶)이여
마땅히
환대에 극진하여라

밤이슬 머금다
유혹의 몸빛 이울면
홀연히
사르고 말 테니

줄장미

잠깐만요

어줍게 품안은
향기와 미소 분명
장밋빛이지만
가까이 오진 마세요

왜냐구요?
요모조모 따져 봐도
고운 데라곤
개무(皆無)하거든요

하지만
군무(群舞)만은 자신 있으니
올망졸망 흥부네 가족
장기 자랑인 양
예쁘게 봐 주세요

그래도
꽃이잖아요

보라 보라

철써덕 철썩

꽃무지개 품은
물보라
물끄러미 바라보다

몰아치는 눈보라 헤치며
들길 터벅대고
손 가리개만으로
비보라 맞서던 어린 시절
불보라처럼
선연히 떠올라

하염없이
둘렛둑 걷다 마주친
아카시아 터널
기다렸다는 듯
꽃보라로 환대하니

어른 되기
참 잘했다 싶은데

돌연
눈시울이 젖는 건
회한(回翰)이겠지

7월

반쯤 걷어붙인
무명 바지 농부의 삽자루 대신
산과 들 넘나들며
강강술래 하는 전봇대의 기세와
외계인 열병식 같은
태양광전지판의 굳은 표정이
티눈처럼 아프지만

거리를 두고 바라보는
7월의 들녘은
평화롭기 그지없다

갈맷빛 잎사귀들 한가로이
비님과
숨바꼭질하는 날
고향 향해 달리는 기차 안에서라면
더욱

폭염

굳은 표정의
흰 구름, 구름들이
입 꼭 다문 채
오늘만은 빙하라 불러 보라는데도

짙은 녹음의 계곡은
어찌 그게 가능하냐며
훅 훅
열기 가득한 입김만 뿜어 대는
여름 한낮

하나님,
저희 죄가 큰 거죠?

해거름 녘

맞갖은 이 더불어
저녁 강을 거닐고 싶다
바람길 거슬러 유영하는 물오리
뭍살이하는 갈꽃들의 노래 들으며

모래톱 아니라도
자갈추기하다
수제비 뜨기는 빼놓을 수 없는 일
어둠이 시샘하든 말든
이만한 호사 또 있을라고

넘나드는
절망과 희망의 물결 태우려
은근한 숯불이 되는 윤슬일랑
기어코
가슴 가득 담아 오리

구림(久霖)

비 오는 날의 정취
모를까마는
후텁하고 후덥지근하니
후줄근할밖에

구림에 장사 있을까
농무 같은 임습(霖濕)에
협심증이 무색하기만

장마 치르기
이리도 힘이 드는데
수재민의 고충이야 오죽할꼬

오! 해밀이여
그리운 건
높푸른 하늘뿐

가을비

늦가을 오후
계절의 갈마듦엔
추임새가 필요하다는 듯
비가 내리고

낙엽 진 상처
실실이 치유하는 빗방울들
저마다 그렁그렁한 눈빛이어라
왕왕 그립지 않았던가
낙하마저 영롱한

마음 빈자리
신비의 바람 스미지 않았음에도
꿈틀거리다
일렁이는 전율이여

절로 흐르는 눈물
이보다 진실한 고백 또 있을까

시월(詩月)

가을의 중심인
10월을 굳이
시월이라 부르는 까닭을 조금은
알 것 같으이

하늘 높고 높으니
바람의 속삭임도
강물의 노래도
들녘의 소망도
간결해서 좋잖은가

우리
감사의 마음만
헤아리세나

환대하고 싶다

고비샅샅
절로 농익은 가을

그 눈부심 사그라들기 전
다소곳이
환대하고 싶다

가려(佳麗)한 자태
해마다 오마시던 기약
행여 잊으실까

낙엽

소설(小雪)이 지났음에도
눈이 오지 않은 까닭일까
본연의 색조와
섬세한 균형 잃어버린 눈빛들
저마다 애달퍼라

사윔보다
시듦의 고통 겪어 냄이
그나마 수월할 테지만
끝내 껴안고야 말 귀환의
여정인 것을

하 많은 창조의 신비
당연타 여긴 죄
무덤덤이 지나친 죄
감사하지 않은 죄여

냉기 가득한 칠흑의 밤
바스락거림이라도 간혹 들리면
서럽지 않으리

나뭇잎 하나

산비탈 내닫는 돼지 떼처럼
찬바람 매섭게 지나간 길목

파르르 떨던 나뭇잎 하나
창백한 표정의
물음표로 서 있다

겨울로 통하는 소롯길

앞서거니 뒤서거니
엇나가는 불편함 말고
나란히 걸어갈
뉘 기다리는 거겠지

단풍

첫서리 내린 아침

아직은 어린 느티나무의
상기된 볼이
새뜻해 반갑더니

다가가다 마주친
초롱한 눈빛들
저마다 처연해서 아려라

철없는 아이처럼
떼쓰지 않겠다는 결연함이여
겸공(謙恭)함이여

꾀꼬리단풍에게

건들바람 지나간 자리
서릿바람 매콤하게 덮치니

파랗디파란
하늘의 속내 알아챘다는 듯

가을 깊숙이 파고들어
영롱한 빛이 되고
고운 꽃이 된
이파리들아

서리 하얗게 내리건 말건
내내
숭엄하거라

11월

나무들의 달

그간의 욕심
사르고 살라
순결해지는 달

동장군이 나무라실까

아서라
서리 내렸기로
새침데기처럼
함초롬히 서 있겠다니

샛바람 청해
으밀아밀 시시덕거리다
홍두깨 춤사위 이어 간나 한들
동장군이 나무라실까

머뭇대다 해 저물면
아뿔싸
봐 줄 이 없어
객쩍을라

눈이 내리면

눈이 내리면
포근포근
온 세상이 따뜻해집니다

슬몃슬몃
강물 들썩거리고
나무들도
덩달아 춤을 춥니다

오늘따라
늘쩡늘쩡
함박눈이 내립니다
하얀 들판이
빙그레 웃습니다

함박눈

얼마나
기다렸던가

하늘 가득 만발한
송이송이 솜터럭

귀거친 소리
거만하던 빌딩 숲
찻길마저 모두 덮이니

포근포근
순결한 축복이다

마음길 달려 내게 오는 님
온종일 품고 싶다

설야

눈 내리는 밤이건
눈 덮인 들이건

'설야'라는 말은 듣기만 해도
마음이 평온해집니다
적막감보다
포근함이 우선하기 때문일 겁니다

눈(目)과
눈(雪)이 같은 소리로 표현되는 것도
예사롭지 않습니다
눈을 감아도 사박사박
눈 내리는 소리 들리거든요
눈이 내리면 마음보다
눈이 먼저 반기거든요

마음 가득
설연(設宴) 못지않은 넉넉함이
포근포근 쌓입니다

하얀 밤의 발라드

한적한 산자락

푸냥히 쌓인 눈
푸른 빛 온달의 조명
나목들의 환대 그대로
오롯한 사랑 품기에 제격이어라

누군들 지나칠라고

오붓이 들어선 연인
또박또박 그려 내는 발자국
고스란히
눈꽃의 향연

아삭아삭
뽀득뽀득
야무지게 뿜어 나는
하얀 밤의 발라드

눈 내리는 마을에서

겨울이면
보름에 한 번쯤은
함박눈 내리는 마을에서
살고 싶다

밤이면
집집이 따뜻한 등불이 되고
수북수북 쌓이는 정담
포근한 꿈이 되는

또르르 햇살 구르다
뽀드득뽀드득 낮잠 자는 곳
그런 마을에 가
살고 싶다

12월(月)

12시(時)
12지(支)
12척(隻)
12사도(使徒)

눈 쌓여
새하얀 세상 아닐지라도

되돌아
새로운 시작이다

관조하며 노래하는 성숙한 삶

김칠수의 시 세계

김홍균(시조 시인)

1. 들어가는 글

시를 쓰는 사람을 시인이라 한다. 시인이 되고자 하는 사람들은 대부분 등단이라는 제도를 통해 공식적인 이름을 얻고 있지만, 시를 쓰면서도 그러한 제도에 편입되기를 마다하는 사람 또한 드물지 않다. 모두 시인이라 불러도 아무런 문제가 없다. 등단은 우리가 만들어 낸 제도일 뿐이다.

한걸음 더 나아가 보자면, 시인이라는 명칭 또한 사람들의 이해를 돕기 위한 하나의 구분일 뿐 그 이름의 유무에 의해서 시를 쓰는 사람의 모습이 달라질 것도 전혀 없다. 누군가가 단지 시인이라는 이름을 얻기 위해 시를 쓴다면 그 사람의 근본적인 인식에 문제가 있다고 보아야 할 것이다. 모 시인의 말처럼 사슴은 초식 동물이 되기 위해 애써 풀잎을 씹지 않는다.

김칠수 시인 또한 등단에는 무관심한 채 시를 쓴다. 자신이 살아가는 모습 그대로를 시로 재현한다. 생활 속에서 일어나는 생각과 느낌을 시의 형식을 빌려 글로 쓴다. 그래서 그를 시인이라 불러도 좋으나 그는 그러한 호칭에 연연하지 않을 것이 자명하다.

2. 관조하며 노래하는 삶

김칠수는 젊다. 나이를 말하는 것이 물론 아니다. 평생을 교육자로서 2세 교육에 힘써 왔고, 은퇴 후에도 왕성한 활동으로 자신의 삶을 보람차게 가꾸어 가고 있다. 아르바이트라고 해야 할까? 바쁜 선배의 일을 도우면서 쉬는 날이면 수준급의 테니스를 비롯해 색소폰 연주, 당구에 몰입하는가 하면 칠십의 고령에도 한강에 나가 윈드서핑을 즐기다 요트맨이 되기도 한다. "죽을 때까지 / 난 / 노인이 되지 않겠다"는 그의 「결심」은 확고해서 모든 사람에게까지 "우리 / 죽을 때까지 / 노인이 되진 마세나" 하고 「권유」하고 있다.

늙어 가는 것이 아니라 익어 가는 것이라고 했던가? 젊은 김칠수는 그러나 성숙한 모습으로 삶을 관조하는 태도를 견지하고 있다. 자신의 삶과 세상의 모습을 조용히 바라보며 정리된 생각들을 글로 남기고 아울러 지인들과 공유하고자 한다.

우리 사회는 정보의 홍수 시대를 맞고 있다. 핸드폰으로 수많은 정보가

쏟아지고 있다. 유익하지 않은 정보가 없으되 과유불급이라고 할까, 그냥 읽어 넘기기에도 벅찰 지경이다. 가히 정보 공해라고 부를 만하다.

김칠수도 그 좋은 정보들을 꾸준히 지인들에게 보내고 있다. 그런데 그가 보낸 메시지는 짧으면서도 임팩트가 있다. 이른바 '새기는 아침'이라는 제목으로 보낸 이 메시지에 공감하고 지지하는 지인들이 아주 많아 그가 보내 준 글들을 모아 같은 제목으로 세 번이나 책을 엮어 내기도 했다.

메시지가 짧다는 것은 자신이 읽은 글의 핵심을 정확하게 짚어 내어 자신만의 생각으로 정리했음을 뜻한다. 그는 꾸준히 책을 읽고 사색하며 그 결과물을 자신만의 철학으로 재정립해 가고 있는 것이다.

당연히 시 또한 그의 철학이 그대로 묻어 나온다. 「때문이다」, 「신천지」, 「스침의 희열」, 「파겁하자」, 「따져 볼 일」 등 많은 시에서 자신의 깨달음을 설파하고 있다. 크나큰 세상사와 사회적 현상에서부터 생활하면서 맞닥뜨린 조그만 문제에 이르기까지, 살며 생각하며 얻어지는 삶의 정답 같은 지혜를 시로 노래하고 있다.

시의 멋은 은유에 있다는 말을 예로 들며 자신의 사상과 철학을 지나치게 직설적으로 강조하다 보면 자칫 현학적(衒学的) 표현으로 흐를 수 있다는 걱정에 대해 그는 "좀 그러면 안 돼?" 하며 대수롭지 않게 받아넘긴다. 그렇게 솔직하게 속내를 드러낼 만큼 그는 자신의 삶을 사랑하며 살고 있다. 「지금의 내가 나인 게 나는 참 좋다」에는 그런 저자의 마음이 그대로 드러나 있다.

확실히 그는 꾸준히 공부하고 있다. 사람은 누구나 죽을 때까지 공부하고 배워야 한다는 것은 백번 옳은 말이나, 그것을 실천하는 사람은 드물다. 그의 시어에는 새로운 언어를 습득한 결과로 얻어진 흔적들이 곳곳에 묻어 나온다. 아름다운 우리말을 갈고 닦는 것이 시인의 마땅한 사명일진대 「휘뚜루마뚜루」, 「웃음가마리」 "톺아볼 수 있을라고" -「사랑한다면」 등 세간에서 잘 쓰이지 않는 아름다운 낱말들이 저자의 작품 속에서 생명을 얻는 것은 참으로 바람직하다 할 것이다.

저자의 언어 공부는 시작에도 영향을 미치고 있는 바 언어 유희적인 작품들이 그러한 사실을 증명하고 있다. 「사랑」, 「비소」, 「참 좋은 말」, 「봄」, 「시옷이 이끄는」 등 언어라는 재료를 가지고 이런저런 요리를 만들어 내는 작품을 쉽게 찾아볼 수 있다.

다만 언어의 유희를 확장하다 보니 「오늘」, 「go, go」처럼 내용이나 제목에서 영어를 끌어다 쓰는 경우까지 볼 수 있는데, 우리의 시를 가꾸어 나가는 토양은 어디까지나 우리말임을 유념할 필요가 있다고 본다.

김칠수의 시는 시상의 스펙트럼이 아주 넓다. 때로는 날카로운 논리로 그릇된 세상사를 지적하면서도(「신원」), "사물사물 일렁이는" 마음을 주체하지 못하고 저녁노을에 옛 노래를 흥얼거리기도 한다(「밤으로의 귀환」). 「흐르는 강물처럼」 성숙한 중년을 소망하면서도, 「새싹」 같은 동심을 간직하고 있어 구르는 솔방울과 달리기 시합을 하는 유아적 취향의 「승부욕」을 나타내기도 한다. 철학자의 식견으로 「묵묵히」 살면서도 바람결 머물게 할 재간이 없음을 아쉬워하는(「바람의 속살」) 감성에 젖기도 한다.

누군들 「그리움」이 없겠는가? 속으로는 「유혹의 말」을 되뇌면서도 손주의

재롱에 기뻐하는 「할아버지」로, 「엄마 생각」 하는 자식으로 그러나 종국에는 "언제나 함께해 주길 / 곡진히 바라게 되는" 「옆지기」의 반려자로 살아가는 저자의 모습에서 삶을 관조하며 노래하는 우리 시대의 성숙한 한 사람을 본다.

3. 나가는 글

김칠수 저자의 시들을 일독하면서, 그는 그의 말처럼 결코 늙지 않을 것이라는 생각이 들었다. 죽을 때까지 그는 젊을 것이다. 그 젊은 김칠수는 앞으로도 계속 글을 쓸 것이다. 그렇게 자신의 삶을 사랑하며 살아갈 것이다.

앞으로도 계속해서 젊은, 그러나 성숙한 김칠수는 깊은 철학적 관조와 세심한 감성이 어우러진 내면의 모습을 글로 나타내기를 바라고 또한 믿는다.